Déliquescences

ADORÉ FLOUPETTE

POÈTE DÉCADENT

BYZANCE

CHEZ LION VANNÉ, ÉDITEUR

188[illegible]

LES

DÉLIQUESCENCES

POÈMES DÉCADENTS

D'ADORÉ FLOUPETTE

BYZANCE
CHEZ LION VANNÉ, ÉDITEUR
1885

PRÉFACE

Et tout le reste est littérature.
(PAUL VERLAINE)

En une mer, tendrement folle, alliciante et berceuse combien? de menues exquisités s'irradie et s'irrise la fantaisie du présent Aède. Libre à la plèbe littéraire, adoratrice du banal déjà vu, de nazillotter à loisir son grossier ron-ron. Ceux-là en effet qui somnolent en l'idéal béat d'autrefois, à tout jamais exilés des multicolores nuances du rêve auroral, il les faut déplorer et abandonner à leur ânerie séculaire, non sans quelque haussement d'épaules et mépris. Mais l'Initié épris de la bonne chanson bleue et grise, d'un gris si bleu et d'un bleu si gris, si vaguement obscure et pourtant si claire, le melliflu décadent dont l'intime perversité, comme une vierge enfouie emmi la boue, confine au miracle, celui-là saura bien, — on suppose, — où rafraîchir l'or immaculé de ses Dolences. Qu'il vienne et regarde. C'est avec, sur un rien de lait, un peu, oh très peu de rose, la verte à peine phosphorescence des nuits opalines, c'est les limbes de la conceptualité, l'âme sans gouvernail vaguant, sous l'éther astral, en des terres de rêve, et puis, ainsi qu'une barque trouée, délicieusement fluant toute, dégoulinant, faisant ploc ploc, vidée goutte par goutte au gouffre innommé; c'est la très douce et très chère musique des cœurs à demi décomposés, l'agonie de la lune, le divin, l'exquis émiettement des soleils perdus. Oh! combien suave et calin, ce : bonsoir, m'en vais, *l'ultime* farewel *de tout l'être en déliquescence, fondu, subtilisé, vaporisé en la caresse infinie des choses! Combien épuisé cet Angelus de Minuit aux désolées tintinnabulances, combien adorable cette mort de tout!*

Et maintenant, angoissé lecteur, voici s'ouvrir la maison de miséricorde, le refuge dernier, la basilique parfumée d'ylang-ylang et d'opoponax, le mauvais lieu saturé d'encens.

Avance, frère ; fais tes dévotions.

LES ÉNERVÉS DE JUMIÈGES

L'Horizon s'emplit
De lueurs flambantes,
Aux lignes tombantes
Comme un Ciel de Lit.

L'Horizon s'envole,
Rose, Orange et Vert,
Comme un cœur ouvert
Qu'un relent désole.

Autour du bâteau
Un remous clapote;
La brise tapote
Son petit manteau,

Et, lente, très lente
En sa pâmoison
La frêle prison,
Va sur l'eau dolente.

O Doux énervés,
Que je vous envie
Le soupçon de vie
Que vous conservez !

Pas de clameur vaine,
Pas un mouvement !
Un susurrement
Qui bruit à peine !

Vous avez le flou
Des choses fanées,
Ames très vannées,
Allant Dieu sait ou !

Comme sur la grève,
Le vent des remords,
Passe, en vos yeux morts,
Une fleur de rêve !

Et, toujours hanté
D'un ancïen Corrège,
Je dis : Quand aurai-je
Votre Exquisité?

PLATONISME

La chair de la Femme, argile Extatique,
Nos doigts polluants la vont-ils toucher?
Non, non, le Désir n'ose effaroucher
La Vierge Dormante au fond du Tryptique.

La chair de la Femme est comme un Cantique
Qui s'enroule autour d'un divin clocher,
C'est comme un bouton de fleur de pêcher
Eclos au Jardin de la nuit Mystique.

Combien je vous plains, mâles épaissis,
Rongés d'Hébétude et bleus de soucis,
Dont l'âme se vautre en de viles proses!

O sommeil de la Belle aux bois Dormant,
Je veux t'adorer dans la Paix des roses,
Mon angelot d'or, angéliquement.

POUR ÊTRE CONSPUÉ

Devinés au coin des brocatelles,
J'ai perçu tes contours subtils, presque;
Je songeais alors à quelque fresque,
Remembrée avec des blancheurs d'ailes!

C'est pourtant le Tourment d'un ascète.
Pourquoi pas? Je le sais, moi, nul autre,
— L'Oiseau bleu dans le Chrême se vautre. —
Qui comprend, je le tiens pour mazette!

SUAVITAS

L'Adorable Espoir de la Renoncule
A nimbé mon cœur d'une Hermine d'or.
Pour le Rossignol qui sommeille encor,
La candeur du Lys est un crépuscule.

Feuilles d'ambre gris et jaune! chemins
Qu'enlace une valse à peine entendue,
Horizons teintés de cire fondue,
N'odorez vous pas la tiédeur des mains?

O Pleurs de la Nuit! Étoiles moroses!
Votre aile mystique effleure nos fronts,
La vie agonise et nous expirons
Dans la mort suave et pâle des Roses!

AVANT D'ENTRER

Je sens un goût de sirop
Au Paradis de ta bouche,
La tête branle et l'œil louche,
Huit et cinq, total zéro.

Qu'elle est moite en son fourreau
L'âme tendre qui se couche,
Libellule qu'effarouche
La grosseur du numéro !

Et nous allons sans rien faire
Après tout la grande affaire,
Sirius te la dira,

Et ma chanson rose et grise,
De ton petit Opéra
Frise et défrise la frise.

IDYLLE SYMBOLIQUE

L'Enfant abdique son extase.
Et, docte déjà par chemins,
Elle dit le mot : Anastase!
Né pour d'Éternels parchemins.

Avant qu'un Sépulcre ne rie
Sous aucun climat, son aïeul,
De porter ce nom : Pulchérie
Caché par le trop grand Glaïeul!

STÉPHANE MALLARMÉ.

Amoureuses Hypnotisées
Par l'Indolence des Espoirs,
Éphèbes doux, aux reflets noirs,
Avec des impudeurs rosées,

Par le murmure d'un Ave,
Disparus! O miracle Etrange!

Le démon suppléé par l'Ange,
Le vil Hyperbole sauvé !

Ils parlent, avec des nuances,
Comme, au cœur vert des boulingrins,
Les Bengalis et les serins,
Et ceux qui portent des créances.

Mais ils disent le mot : Chouchou,
— Né pour du papier de Hollande, —
Et les voilà seuls, dans la lande,
Sous le trop petit caoutchouc !

SYMPHONIE EN VERT MINEUR

VARIATIONS SUR UN THÈME VERT POMME

ANDANTE

L'alme fragilité des nonchaloirs impies
A reflété les souvenirs glauques d'Eros;
La ligne a trop de feu des marbres de Paros,
Trop d'ombre l'axe des sorcières accroupies.

Le symbole est venu. Très hilares, d'abord,
Ont été les clameurs des brises démodées.
Tristes, aussi, leurs attitudes, tant ridées
Par la volonté rude et l'incessant effort.

Nous avons revisé pourtant : l'azur est rose;
Depuis qu'il n'est plus bleu, nous voulons qu'il soit vert.
Je fermerai le Tabernacle, encor ouvert,
En modulant l'Ennui de mon âme morose.

SCHERZO

Si l'âcre désir s'en alla,
C'est que la porte était ouverte.
Ah ! verte, verte, combien verte,
Était mon âme, ce jour-là !

C'était, — on eut dit, — une absinthe,
Prise, — il semblait, — en un café,
Par un Mage très échauffé,
En l'Honneur de la Vierge sainte

C'était un vert glougloutement
Dans un fossé de Normandie,
C'était les yeux verts d'Abadie
Qu'on a traité si durement.

C'était la voix verte d'un orgue,
Agonisant sur le pavé;
Un petit enfant conservé,
Dans de l'eau très verte, à la Morgue.

Ah! comme vite s'en alla,
Par la porte, à peine entr'ouverte,
Mon âme effroyablement verte,
Dans l'azur vert de ce jour-là!

PIZZICATI

Les Tænias
Que tu nias,
Traîtreusement s'en sont allés.

Dans la pénombre,
Ma clameur sombre
A fait fleurir des azalées.

Pendant les nuits,
Mes longs ennuis,
Brillent ainsi qu'un flambeau clair.

De cette perte
Mon âme est verte;
C'est moi qui suis le solitaire!

FINALE

—

Dans les roseaux
Du bord des eaux,
Dans les sentiers
Verts d'Églantiers,
Nous nous laisserons mourir,
Puisque tout va refleurir!

Pour calmer les ruts bavards,
Oh! cueillons les nénufars!
Endormons nous!
Les blancs genoux
Nous les laissons
Aux polissons!

Point d'impudeurs !
Fi des verdeurs !
Tout sera bien
S'il n'est plus rien.
Car le temps est arrivé
Où le Blanc, seul, est sauvé !

MADRIGAL

Mon cœur tarabiscoté
A pris un point de coté.

Tes effluves le font battre
Comme trois. Que dis-je? Quatre.

Ce n'est point un cœur de rien,
Un noctambule vaurien,

Il ne fait de politesses
Qu'aux baronnes, aux comtesses.

Et, ce bel entretenu,
Regarde, il est devenu,

Grâce au sucre où tu l'enlises,
Confiture de Merises.

RHYTME CLAUDICANT

Je me suis grisé d'angélique,
Douce relique ;
La bénite eau des Chartreux
M'a fait bien heureux !

Toutes les femmes sont saintes !
Oh ! les rendre enceintes !

L'onctueuse bénédictine,
Ce matin
En mon âme chante matine !
Je me ferai bénédictin !

Toutes les femmes sont saintes !
Oh ! les rendre enceintes !

POUR AVOIR PÉCHÉ

Mon cœur est un Corylopsis du Japon. Rose
Et pailleté d'or fauve, — à l'instar des serpents,
Sa rancœur détergeant un relent de Chlorose,
Fait, dans l'Ether baveux, bramer les Ægypans.

Mon âme Vespérale erre et tintinnabule,
Par delà le cuivré des grands envoûtements;
Comme un crotale, pris aux lacs du Vestibule,
Ses ululements fous poignent les Nécromans.

Les Encres, les Carmins, flèches, vrillent la cible,
Qu'importe, si je suis le Damné qui jouit?
Car un Pétunia me fait immarcessible.
Lys! Digitale! Orchis! Moutarde de Louit!

SONNET LIBERTIN

Avec l'assentiment des grands héliotropes.
ARTHUR RIMBAUD.

Quand nous aurons, avec de bleus recueillements,
Pleuré de ce qui chante et ri de ce qui souffre,
Quand, du pied repoussés, rouleront dans le Gouffre,
Irrités et pervers, les Troubles incléments;

Que faire? On doit laisser aux stupides amants
Les Balancements clairs et les Effervescences;
Nous languirons emmi les Idoines essences,
Évoquant la Roseur des futurs errements.

Je mettrai dans l'or de tes prunelles blémies
L'Inassouvissement des philtres de Cypris.
— Les roses de ton sein, qu'elles vont m'être amies! —

Et, comme au temps où triomphait le grand Vestris,
Très dolents, nous ferons d'exquises infamies,
— Avec l'assentiment de ton Callybistris. —

CANTIQUE

AVANT DE SE COUCHER

La Vie atroce a pris mon cœur dans son étau,
La Vie aigre sonne un tocsin dans mon oreille,
La Vie infâme a mis ses poux dans mon manteau.

Je suis comme un raisin platré sous une treille,
Comme un quine égaré par l'affre du Loto.
Comme un Pape très blanc et très doux qui sommeille.

Désespérance morne au seuil du Lys Hymen!
— Nimbé d'Encens impur j'agonise et je fume. —
O l'Induration lente du Cyclamen!
O les Morsures dans l'Alcôve qui s'allume,
O les Ostensoirs dans la Basilique! Amen!

REMORDS

—

L'Église spectrale était en Gala.
Dans un froufrou, les femmes passaient vite,
Blanc sur blanc, en son étroite lévite,
L'Enfant de chœur, doux, tintinnabula,

Était-ce une vache avec ses sonnailles?
Quand le Curé noir en vint à chanter,
Mes remords se sont mis à gigoter.
Oh! oh! oh! remords! Que tu me tenailles!!!

C'est vrai pourtant, je suis un mécréant,
J'ai fait bien souvent des cochonneries,
Mais, ô Reine des Étoiles fleuries,
Chaste lys! prends en pitié mon Néant!

Si tous les huit jours je te paie un Cierge,
Ne pourrai-je donc être pardonné?
Je suis un païen, je suis un Damné,
Mais je t'aime tant, Canaille de Vierge!

BAL DÉCADENT

Vais m'en aller!
TRISTAN CORBIÈRE.

C'était une danse
De la décadence

Comme un menuet
Dolemment fluet.

C'était des chloroses
Et c'était des roses.

On ne sautait pas,
On allait au pas.

Mais les girandoles
Etaient presques folles.

Les lustres flambaient
Et les seins tombaient.

Dans ce flux de monde,
Je vis une blonde.

Aux yeux culottés
Par les voluptés,

En ses airs de morte,
Une vraie Eau forte.

Ange mal bâti,
Gamin perverti,

Lune blémissante
Et concupiscente,

Fleur d'opoponax,
Souvenir d'Anthrax.

Blafarde et vermeille,
Très jeune et très vieille.

Elle souriait,
Et m'extasiait :

DÉCADENTS

Nos pères étaient forts, et, leurs rêves ardents,
S'envolaient d'un coup d'aile au pays de Lumière.
Nous dont la fleur dolente est la Rose Trémière,
Nous n'avons plus de cœur, nous n'avons plus de dents!

Pauvre pantin avec un peu de son dedans,
Nous regardons, sans voir, la ferme et la fermière.
Nous renâclons devant la tâche coutumière,
Charlots trop amusés, ultimes Décadents.

Mais, ô Mort du Désir! Inappétence exquise!
Nous gardons le fumet d'une antique Marquise
Dont un Vase de Nuit parfume les Dessous!

Etre Gateux, c'est toute une philosophie,
Nos nerfs et notre sang ne valent pas deux sous,
Notre cervelle, au vent d'Été, se liquéfie!

TABLE

—

Préface 5
Les Énervés de Jumièges 9
Platonisme 12
Pour être conspué 13
Suavitas 14
Avant d'entrer 15
Idylle symbolique 16
Andante 18
Scherzo 19
Pizzicati 21
Finale 22
Madrigal 24
Rhytme claudicant 25
Pour avoir péché 26
Sonnet libertin 27
Cantique avant de se coucher 28
Remords 29
Bal décadent 31
Décadents 34

Achevé d'imprimer

SU LES PRESSES DE « LUTÈCE »

Le deux mai mil huit cent quatre-vingt-cinq

POUR

ADORÉ FLOUPETTE

PAR

LÉON ÉPINETTE, IMPRIMEUR

16, boulevard St-Germain

PARIS

« Article Paris,
Ta poudre de riz

D'une éteinte flamme
M'auréole l'âme.

Si tes yeux sont verts,
Mon cœur est pervers.

Ta désespérance,
Oh! quelle attirance!

Laisse moi t'aimer,
Et me consumer! »

Je dis et m'élance.
Mais, motus, silence!

Faut pas s'emballer....
Voici s'en aller

Toute mon essence,
En déliquescence!!

www.ingramcontent.com/pod-product-compliance
Ingram Content Group UK Ltd.
Pitfield, Milton Keynes, MK11 3LW, UK
UKHW020947220726
13924UKWH00002B/537